BEN ÇOCUKKEN

YAYIN NO: 355

BEN ÇOCUKKEN
Müjdat Gezen

Onk Telif Hakları Ajansı aracılığıyla;

Sertifika No: 0507-34-008622

1. Basım, Ocak 2010
ISBN: 978 - 605 - 5715 - 55 - 7

Yayın Yönetmeni	:	*Ümit Derinöz*
Yayına Hazırlayan	:	*Nurten Hatırnaz*
Baskı	:	*Yaylacık Matbaası (0212) 612 58 60*
Kapak Baskı	:	*Şekil Ofset*
Cilt	:	*Yedigün Mücellithanesi*

BİLGE KÜLTÜR SANAT
Nuruosmaniye Cad. Kardeşler Han No: 3 Kat: 1 34110 Cağaloğlu / İSTANBUL
Tel: (0212) 520 72 53 - 513 85 04 Fax: (0212) 511 47 74
bilge@bilgeyayincilik.com www.bilgeyayincilik.com

BEN ÇOCUKKEN

Müjdat Gezen

BİLGE
KÜLTÜR
SANAT

"YAZ BİTTİ"

Bu yaz çabuk mu bitti, yoksa bana mı öyle geldi bilmiyorum... Sanki çocukluğumda yaz günleri daha uzun sürerdi. Yoksa ben küçüktüm de onun için mi öyle gelirdi? Bu yazımı, İstanbul'un banliyösü Florya'da geçirdim. Tam kırk altı yaşındayım ve yaşamım boyu ilk kez yazlığa geldim. Ve anladım ki, artık yorulmaya başlıyorum. Florya kumuyla tanınan bir yerdir... Belki de ülkemizdeki en güzel ve en ince kum buradadır. Denizi biraz kirli olmakla beraber güzeldir... Ben buraya ilk kez dört yaşında gelmiştim. Elimizdeki eski fotoğraftan bu denli net anımsıyorum. O zamanlar İstanbul'un nüfusu bir milyon kadardı. Florya'da da böyle evler falan yoktu. Alabildiğine uzanan bir kumsal şeridi... Ben çocukken Florya çok büyüktü. Ben büyüyünce Florya küçülmüş... Bu kentte insanlar yedi misli artmış. Denizin içinde göz gözü görmüyor... Ben küçükken, anımsıyorum, denizde bizden başka hemen hiç kimse yoktu... Ne kalabalık bir kent olmuş İstanbul...

Sizlere bu yazıyı yazarken, maymunum Cancan daktilonun tuşlarından çıkan "çat çat" seslerini kendi "mıyk mıyk"larıyla tamamlıyor... Havada hafif bir serinlik var, yaz bitiyor. Aslında her mevsimin kendine göre güzellikleri var, ama ben yazı daha çok seviyorum galiba...

Siz yaz tatilinizi nasıl geçirdiniz? Neler yaptınız tatilde? Denize girme olanağı bulabildiniz mi? Denizi olmayan kentlerde yaşayan arkadaşlarımız, acaba tatilde neler yaptılar?

Ben, maymunların bu denli güzel yüzücü olduklarını, iyi yüzdüklerini Cancan'dan öğrendim... Eşim, ben ve iki arkadaşımız daha sandalla denize açıldık. Cancan da tabii yanımızda. Fakat denizden korkuyor... Arkadaşım: "Siz maymunların korktuğuna bakmayın, çok iyi yüzerler," dedi ve "Bakın işte kanıtı; şimdi Cancan'ı denize atacağım ve tekrar yüzerek bize doğru gelecek," diye de ekledi. Hayvancığı kavradığı gibi fırlattı denize. Evet, gerçekten Cancan çok iyi yüzüyordu, ama bize doğru değil, sahile doğru. O kadar sesleniyoruz; "Cancan buraya gel, buradayız," diyoruz, hiç umursadığı yok. Hızla sahile yüzüyor. Oysa kıyı çok uzakta... Meğer hayvanlar hep kıyıya yüzerlermiş... Bizimki taktı motoru sanki, durduramıyoruz! Sonunda iki kişi atladık denize. Cancan eşimin omzuna çıktı ve sandalla geri döndük. İnanın onu bıraksaydık bütün

yüzme şampiyonlarını kıskandıracak bir rekora sahip olabilirdi.

Benim Cancan'lı ve sandallı yaz tatilim işte böylece son buldu. Bakalım sizin yazdıklarınızdan neler çıkacak?

Yakında okullar açılacak ve dersler başlayacak. Hepinize yeni öğrenim yılında başarılar ve sağlıklar diliyorum...

"YAZ ANILARINIZ"

Sevgili Çocuklar...

Aylar önceki bir yazımda sizlerden bana; yazın, başınızdan geçen ilginç olayları yazmanızı istemiştim. Birçok arkadaşınızdan mektup aldım. Bunların arasından seçtiklerimi, gelin birlikte okuyalım...

Adapazarı'ndan Nurgül Sevindik arkadaşımızın anısı şöyle:

"Ailemizle birlikte bu sene tatil için Karasu'daki tatil sitelerine eğlenmek ve tatil yapmak amacıyla gitmiştik. Fakat hiç de öyle olmadı. Hani bir söz vardır: Misafir misafiri, ev sahibi hiçbirini istemez. Gerçekten de öyle oldu!

Ben birkaç misafir arkadaşımla bir sabah evden ayrıldım. Bir şaka yapmaya karar verdik. Bir şişe bulup, içine bazı şeyler yazıp yeni arkadaşlar bulmayı düşündük. Neyse, planımızı hazırladık ve şişeyi denize attık. Birkaç gün sonra plajdaki evimize mektup geldi. Mektupta 'Denize attığınız şişeyi buldum ve sizinle arkadaş olmak istiyorum' şeklinde bir istek vardı. Bizler çok sevinmiştik. Hemen o kişiyi bulup tanıştık. Denize attığımız şişeye plajdaki evimizin adresini de yazmıştık. O şişeyi bulan yeni arkadaşımız da yazdığı mektubu postaya vermeyip bizi kendi bulmayı amaçlamış ve gerçekten de başarmıştı.

Şimdi o arkadaşımızla çok iyi bir dostluk geliştirdik. Hatta tanış bile çıkmıştık.

"Yaşasın şişe, bize yeni arkadaşlar buldu."

Merve Özbay adlı arkadaşımızın yazısından özet veriyorum:

"Ben tatilimi Çanakkale'ye giderken Denizkent adlı küçük bir tatil köyünde geçirdim.

Basket sahasına gidip, basketbol oynardım. Babaannem ile dedem oranın eskilerindendir. Orada yazlığımız var. Tatilimde kuzenimle birlikteydim. Orada benim çok iyi bir arkadaşım var, hep onunlaydım. Geceleri arkadaşlarımla çay bahçesine giderdik. Orada oturur, salıncaklarda sallanır, meşrubat içerdik. Günlerim hep böyle geçti. Yalnızca oradaki sinekleri hiç sevmedim!"

Bu sayımızda ancak iki arkadaşımızın yazısına yer verebildik. Gelecek sayılarda da yaz anılarımızı sürdüreceğiz. Böylece kış ortasında yazı anımsayıp, biraz eğleniriz.

Bana gelince, ben yine bu yazın nasıl geçtiğini pek anlayamadım. Çünkü tam dinleneceğimi sandığım bir zamanda, çalışmalarım başladı. Ve yaz bitti... Bu yazlara da bir şeyler oluyor! Hemencecik bitiyor yani! Ne yapalım, gelecek yazı daha iyi değerlendiririz belki. Hepinize sevgiler selamlar.

“YAZ ANILARINIZ”

Kasım sayımızda ancak iki arkadaşınızın anısına yer verebilmiştik.

Bu sayımızda yine sürdürüyoruz “yaz anıları”nızı.

Bu arada Kıbrıs'tan ilginç bir mektup da aldım. Mektubunu biraz kısaltarak aktardığım Yusuf Sanver adlı kardeşimiz şöyle yazmış:

“Sevgili Müjdat Ağabey,

Nasılsın? İyisindir herhalde... Yalvaç Ağabey seni yoruyordur herhalde? Ben ona yazıp seni yormamasını söylerim.

... Sana bu mektubu yazdığım kalemi gönderiyorum. Başlangıç için iyi bir hediye...

Artık sana her ay yazacağım...”

Mektubu yazdığın kalem elime geçti Yusuf merak etme. Teşekkürler.

....

Samsun'dan yazan Tuğçe Küçükbekir'in yaz anısına geçelim:

"Bu yaz tatilimde annem, babam ve ben Bursa'ya gittik. Bursa'ya gidip de Uludağ'a çıkmadan olur mu?

Biz, birkaç teyze ve amcayla birlikte teleferiğe bindik. Ben hiç korkmuyordum. Teleferik hava boşluklarına takılınca teyzeler büyük bir heyecana kapılıyorlar, 'Eyvah düştüük, imdaaat!' diye bağrışıyorlardı. Ben de böyle anlarda onları daha da heyecanlandırmak için, 'Hooop-güüüm! Hoooop-güüüm!' diye bağırıyordum avazım çıktığı kadar... Onlar şaşkınlık içinde bana bakarlarken; 'Bir şey mi oldu? Hani düşüyordunuz? Acaba neden düşmüyorsunuz? Bakın ben hiç korkuyor muyum? Büyükler böyle acemi davranırlarsa biz küçükler ne yaparız sonra? Lütfen sakin olun bayanlar baylar,' dediğimde, onlar sadece yüzüme bakıyorlar ve bir şeyler mırıldanıyorlardı. Ama yine hava boşluklarına geldiğimizde, "Ayyy, oyyy," demeden edemiyorlardı..."

....

Adana'dan Ece Utlu adlı arkadaşımızın mektubu da şöyle:

"Yazın kumsalda eski karavanlardan bulduğumuz tahtalarla evcilik oynuyorduk. Kumlardan pastalar yapıp evlerin kenarına diziyorduk. Bu arada bir gün gene evcilik oynarken, bazı arkadaşlarımız 'Apaçiler Grubu' kurmuşlardı! Bunlar bizim kurduğumuz evi gelip yağmaladılar. Ben de onlara bir-iki gün küs kaldım.

Bir gün gene evcilik oynuyorduk. Ayşim'in, oyunda doğum gününü yaptık (gerçek doğum günü değil). Komşular gelmişti. Onlar bağırıp çağırdılar. Onların oyununda da doğum günü vardı. Biz de gittik onlara. Ben kapıyı 'Tık tık tık tık tı tık tık tık tık' diye çalıyordum. Bağırıp çağırdılar, neden kapıyı öyle çalıyorsun diye, söylendiler. Biz de onlara 'Mortis Soytarı Dans Grubu' adını taktık... Tamam mı?"

"Zaman iri bir kalburun deliklerinden akıp durmakta" demiş şair. Zamanın ne olduğunu biliyorsunuz. Kalburu da biliyorsunuz. Hani herhangi bir tahılı elemeye yarayan şey. Bunun iri deliklicinden nasıl hızla akar değil mi örneğin ezilmiş un. İşte zaman da öyle hızlı akıp gidiyor. Daha dün sanki siz yaşlardaydım. Bugün 44 yaşımda olmama karşın çocukluk yıllarıma dönüp baktığımda gerçekten dün gibi görünüyor. Sizin için ne kocaman bir rakam değil mi 44? Yıllar önce, bugün ağabeyleriniz olan şimdinin gençleriyle benim zamanımdaki çocuk dergilerinden tanışıyoruz. O zamanlar "Aptal Hamdi" ve

"Çocuk Mizahı" köşelerimi severek okurlardı. Ama zaman onlar için de geçti ve hepsi birer genç kız, birer delikanlı oluverdiler şimdi. Ara sıra rastlaşıyoruz. "Beni tanıdınız mı Müjdat Ağabey?" diye soruyorlar. Boyu benim boyuma gelmiş gence bakıyorum. Herhalde çocuğumun arkadaşıdır diye düşünürken, "Ben filan çocuk dergisinden okurunuzdum" diyor. Ohoooo... Büyümüş koskoca adam olmuş. O zaman tanışmışız dergide. Bugün nasıl tanıyabileyim artık, baksana genç adam, delikanlı... Belki bazı mutlu günlerde yüzyüze gelip tanışacağız. Ama yıllar sonra karşıma dikilip "beni tanıdınız mı?" diye sorarken, zamanın sizin için de geçtiğini ve artık bu dergiyi küçük kardeşinize okuttuğunuzu bana hatırlatın... Size bu ilk tanışmamızda biraz kendimden söz edeyim. Ben 29 Ekim 1943 yılında İstanbul'un Fatih semtinde doğmuşum. "Doğmuşum" diyorum çünkü kendi elimde olmayan nedenlerle, tamamen annemin ve babamın isteği doğrultusunda gerçekleşmiş... Hangimizin doğumu kendi isteğimizle olmuştur ki?.. İlkokulda ilk kez sahneye çıktım. 1952 yılında bir okul piyesinde. Aynı yıllarda, o zaman pek sevilen bir çocuk dergisi olan *Doğan Kardeş*'te şiirlerim yayınlanmaya başladı. 1960 yılında Şehir Tiyatroları'na girdim ve aynı yıl, tiyatro sanatçılığını okulundan öğreneyim diye konservatuvara girdim. Bugün o okulda tiyatro öğretmenliği yapıyorum. Elif adlı bir kızım var. 18 yaşında ve konservatuvarın yüksek bölümünde okuyor. Kendisi arp çalmakta. Hani alaturka sazlardan kanunun, dikine duranı(!) Bugüne değin yüzün üstünde filmde oynadım. Bir o kadar tiyatro oyunu. 12 basılı kitabım var... Size daha ne söyleyeyim, zaten çocukluğumu anlatırken burada tanışacağız ya... Bu aylık hoşça kalın...

"BİR OLAY"

Ben çocukken çok yaramazmışım. Ama tüm yaramazlıklarım tiyatrocu olana kadar sürdü. Sonra artık bütün boşalımımı mesleğime verdim. İçinizde tiyatro sanatçısı olmak isteyen, elektronik mühendisi olmak isteyen bulunabilir. Bu mesleklerden hangisini seçerseniz seçin size tek bir öğüdüm olacak: Önce o işin en iyi şekilde eğitimini yapın. Eğitimsiz hiçbir iş olmaz. Biliyor musunuz ki, bugün uygar ülkelerde çöpçü okulları var. Evet, iyi bir çöpçü olmak isteyenler bu okula gidiyorlar. Yani ne olursanız olun eğitimli olun.

Ortaokuldayım ve sürekli sınıfta kalıyorum. Babam beni kenara çekti: "Ne demek oluyor bu, ne yapmak istiyorsun sen?" diye beni azarladı. Ben de: "Tiyatrocu olmak istiyorum," dedim. Babam çok iyi bir insandı: "Tiyatrocu olmanın birinci koşulu okumaktır. Ortaokulu bitir, seni kendi ellerimle götüreceğim tiyatroya." O yıl herkesi kıskandıracak bir başarıyla bitirdim okulu. Önce Şehir Tiyatrosu'na götürdü babam beni ve arkasından Konservatuvar'ın Tiyatro Bölümü'ne. Mesleğimi çok sevdim. O da beni sevdi. Öyle ya, her şey karşılıklı. Hani yukarıda "yaramazlıklarım tiyatrocu olana kadar sürdü", demiştim ya o şaka. Tiyatrocu olduğum zaman da yaramazdım ben. Çünkü küçüktüm daha. Size, gelecek ay tiyatro şakalarımdan söz edeceğim. Çocuk Tiyatrosu da açtım ben. Orada çocuklarla sahnede yarışmalar yaptık, oyunlar oynadık. Ne günlerdi!..

Bir gün Antalya'da bir otelin bahçesinde oturuyorum. Genç, yakışıklı bir garson elinde bir tepsiyle geldi. Tepside bir meyve suyu. "Buyrun Müjdat abi," dedi. "Ben istememiştim, herhalde başka masadan sipariş verdiler," dedim. Garson genç: "Yok, kimse sipariş vermedi bunu, size ben ısmarlıyorum," dedi. "Teşekkür ederim, ama bunun bir nedeni olmalı?" "Evet nedeni var. Ben küçüktüm, sizin çocuk tiyatronuza gelmiştim ve siz beni sahneye çıkartıp bir yarışmada yarıştırmış, sonra da bana kitap armağan etmiştiniz. O kitabı hâlâ saklıyoruz. Bu meyve suyu benden," dedi. Çok duygulandım. Onca yıllık arkadaşım ve sadece bir günlük arkadaşım, beni unutmamış.

İşte tiyatro arkadaşlığı böyledir. Dergi arkadaşlığı da. Eğer bir gün bana gelir de: "Ben *Bando* dergisinden

arkadaşınızım," derseniz sizi hemencecik tanıyıveririm. Ya da tanışmış oluruz, tamam mı?.. Şimdiden söz, gelecek ay sizlere tiyatro şakalarından örnekler yazacağım.

Hoşça kalın çocuklar...

"TİYATRO ŞAKALARI"

Geçen ay söz verip de bu ay unutacağımı mı sandınız? Tiyatro şakalarının hangi birini anlatayım size bilmem ki? Bu anlatacaklarımı siz tiyatro sanatçısı olduğunuzda sakın yapmaya kalkmayın haaa... Çünkü bu şakalarım yüzünden kaç kez tiyatrodan uzaklaştırıldığımı ben bile unuttum. Ama dedim ya o zaman çocuktuk işte...

Bu şakalardan biri şöyle:

O zamanlar ben Şehir Tiyatrosu'nda çalışıyorum. Aynı zamanda Konservatuvar'ın Tiyatro Bölümü'nde de öğrenciyim. Yani okulda bize bu şakaları yapmayı öğretmiyorlar. İyi şeyler öğretiyorlar. Ama kanımız kaynıyor. Dedim ya, çocuğuz diye. Değilsek bile ruhumuz çocuk.

Rumelihisarı temsilleri vardı yazları. Hamlet sahneleniyor. Hamlet'in tek başına kaldığı bir bölüm var. Kendi kendine konuşuyor. Beş-on dakika sonra da başka bir

oyuncu girecek sahneye. O ünlü oyuncu, kendisini seyircinin görmediği bir yerde sırasını bekliyor. Biz üç arkadaş Yaman, Savaş, ben, durup dururken bu ünlü oyuncuyu sahneye ittik. Şimdi; Hamlet'i yorumlayan aktör şaşırdı, sahneye durup dururken giren aktör de şaşırdı, seyirciler de şaşırdı. Biz gülmekten kırılıyoruz... Tabii bizi hemen sahne amirliğine şikâyet ettiler. Ertesi günü Dram Tiyatrosu'ndaki (Tepebaşı semtinde bir Dram Tiyatrosu vardı, yandı) sahne amirliğine çağırdılar. Sahne amiri hocamız bizi sahnenin altındaki depoya indirdi. Azarlayıp duruyor. "Siz ne biçim tiyatro öğrencisisiniz, okulda size bunları mı öğretiyorlar?.. Bir daha yaparsanız tiyatrodan atılırsınız... Hiç, bir aktör sahneye itilir mi?.. İşte o kadar..." Bu sert konuşmasını bitiren amir, deponun çelik kapısını açıp çıkacağına, hemen yanında duran çelik bir dolabın kapısını açıp içine girdi. Tabii biz attık kendimizi yerlere. Nasıl gülüyoruz anlatamam. Adamcağız o kadar otoriter konuşmanın üstüne dolaba girince çok utandı ama, kızgınlığı iki kat daha arttı ve bize bir güzel ceza verdiler...

Nasıl ki her başarı bir ödülle değer buluyorsa, her başarısızlık veya hata da durumuna göre ceza ile karşılık buluyor. O nedenle siz siz olun, yaşamın içerisinde ödüller hanenizi doldurmaya bakın. Çünkü ben sonradan öyle yapmaya başladım. Yaramazlık yerinde ve zamanında tamam. Ama önce başarı sonra haşarı. Tamam mı?..

"BİR MEKTUP"

Bir arkadaşınızdan mektup aldım. Tiyatro sanatçısı olmak istiyor. Mektuba aynen yer veriyorum. Sonra sıra yanıta gelecek:

"Sevgili Müjdat Gezen'e,

Müjdat abi, ben 14 yaşında tiyatrocu olmaya gönül vermiş bir ortaokul öğrencisiyim. Beş yaşımdan beri hep profesyonel tiyatro sanatçılarıyla sahneye çıktım. Babam da çok iyi bir tiyatrocu. Sanırım bu mesleğe ondan özendim. Çevremdeki herkes bu iş için çok yetenekli olduğumu söylüyor. Tiyatroya resmen âşığım. 'Liseyi bitirince konservatuvara gitmeyi düşünüyorum. Ama şunu söyleyeyim ki Müjdat abi, en iyi olmak istiyorum. En iyi. Lütfen bana bu konu hakkındaki tecrübelerinden faydalanma şansını ver. Lütfen, rica ediyorum. Gerçekten iyi bir tiyatro sanatçısı olmama yardım et.

Sana en derin sevgi ve saygılarımı sunuyorum. Tavsiyelerini bekliyorum. Zeynep HÜROL"

Sevgili Zeynep...

Mektubunu aldım. Almış olduğumu sen de görüyorsun. Belki her okura tek tek bu sayfadan yanıt verme olanağımız yok. Ama sana bir ayrıcalık tanıyorum, çünkü sen benim en çok sevdiğim şeyi seviyorsun. Evet, tiyatro gerçekten senin sevdiğin kadar sevilmeye değer bir olaydır. Benim deneyimlerimden yararlanma konusuna gelince, zaten en güzel yolu kendin seçmişsin. Her işin en güzel öğrenilme yolu o işin okuludur. Sen de konservatuvara girmeyi istiyorsun. Eğer İstanbul Üniversitesi Devlet Konservatuvarı'na girersen ben orada öğretmenlik yapıyorum. Böylece sorunun kendiliğinden çözümlenmiş olur. Eğer Ankara Devlet Konservatuvarı'na gireceksen, orada da birbirinden değerli öğretmenler var. Sana yardımcı olacaklardır. Ama ille de benden özel olarak bir şeyler öğrenmek istiyorsan, nasıl bir formül bulacağız bilemiyorum. Çünkü anladığım kadarıyla, sen Ankara'dasın, ben İstanbul'da. Bu işin öğretisi mektupla da olmaz. Ama tatillerde buraya gelirsen, sana bildiklerimi aktarmaya çalışırım. Zaten benim işim bildiklerimi, öğrendiklerimi aktarmak. Bu işi seçmeyi düşünmüş olmana çok sevindim. Hem de baba mesleği olduğunu yazmışsın. Belki de en iyi öğretmenlerinden biri baban olacaktır.

Sana şimdiden başarılar diliyorum.

Sevgili arkadaşlarımdan, bu haftalık özel bir mektuba yanıt vererek, kendilerine bir fıkracık bile anlatamadığım için özür diliyorum. Ama birbirimizle daha yeni taşıyoruz. Önümüzde çok zamanımız var, neler neler anlatacağız...

Sevgiyle...

“29 EKİM...”

Sevgili Arkadaşlarım...

Yaşım sizden büyük biliyorum. Yaşadıklarım da dağlarca. Ama gene de sizlere “arkadaşlarım” diye seslenmek istiyorum. Bunun asıl nedeni de arkadaşlarımı gençlerden seçmek istemem. Çünkü o zaman hiç yaşlanmayacağıma inanıyorum. Bütün arkadaşlarım sizin yaşlarda olursa ben de kendimi bir anlamda o yaşta duyabilirim. Tamam mı?

Bu ay sizlere 1982 yılında, Beşir Göğüş tarafından hazırlanan ve ilkokul Türkçe 3 kitabında çıkan bir yazımı aynen iletiyorum. Bakın ben çocukken başıma neler gelmiş, görün:

“Benim doğum günüm 29 Ekim. Onun için Cumhuriyet Bayramları bizim ailede iki kat sevinçle kutlanır. Böyle bir bayram günü, Anadolu’dan annemin akrabaları geldi. İstanbul'a ilk gelişleri. Ben de o yıl yedi ya da sekiz yaşındayım. Konuklarımızı bayram gününde eve kapatacak değiliz ya. Annem, ablam, ben, konukları da alarak, tramvaya bindik. Saraçhanebaşı'nda fener alayını seyretmeye gidiyoruz.

Tramvayda, burnumu pencerenin camına dayadım; dışardaki ışıkları, donanmaları seyrediyordum. Tramvay Saraçhanebaşı'na gelmiş. Bizimkiler inmişler. Fener alayının düzenlendiği yere gitmişler... Ben farkında bile değilim, camdan dışarıyı seyrediyordum. Birden sağıma soluma baktım, ne annem var, ne ablam, ne de konuklarımız... Başladım ağlamaya. Biletçi tramvayı durdurdu. Zaten annemler de benim tramvayda kaldığımı anlamışlar. Bir taksiye atlayıp tramvayın arkasına düşmüşler. Ağlaya ağlaya indim aşağı. Annem, ablama söyleniyor:

– Senin yanında idi. Onu arka kapıdan alıp indiğinizi sanıyordum.

Ablam da kendini savunuyor:

– Ben de seninle ön kapıdan indi sandım. Ne günahım var benim?

Ben de kendi kendime düşünüyorum: "Bak şu dalgınlığıma. Dışarıyı seyredeceğim diye, Cumhuriyet Bayramı'nı ve doğum günümü tramvay deposunda geçirecektim."

Müjdat GEZEN

(Çocukluk Yılları, 1980)

Ben çocukken başımdan geçen bu olay, ilkokul Türkçe kitaplarına böylesine yazı konusu olmuştu işte...

Daha durun, neler geçecek başımdan ben çocukken. Hoşça kalın.

"MEKTUPLAR VE YANITLAR"

Bu kez sizlerden gelen mektuplara yanıt vereceğim. Hepinize tek tek yanıt vermek, evlerinize mektup yazmak istiyorum ama o denli yoğun çalışıyorum ki hak verirsiniz. *Bando*, bizim müşterek arkadaşımız. O, bizleri birbirimizle haberleştiriyor işte.

Zonguldak'tan sevgili Cenk Ateş...

Bando'ya gönderdiğin mektubunu aldım. Sorularını yanıtlıyorum. Doğum tarihim: 29 Ekim 1943. Boyum: 1.74. Kilom: 74. Göz rengim: Kahve. Evliyim. Devlet Konservatuvarı Şan Bölümü'nde, üniversite 2. sınıfta bir kızım var. Babam saz sanatçısı, halam Türk halk müziği sanatçısı idi. Babamı yitirdim. Halam, hocalık yapıyor.

Sevgili Cenk, ayrıca hakkımdaki övücü sözlerin için teşekkürler.

Bakırköy'den sevgili Esin Kaya...

Mektubunu aldım. (Aldım ki yanıt verebiliyorum.) Tiyatroya olan sevgin beni çok duygulandırdı. Çekingenliğine gelince, lütfen bu huyunu hemen üzerinden at. Artık tüm dünyada bile insanlar, birbirlerini tanımadan, tanışıkmış gibi davranıyorlar.

İki sorunu yanıtlıyorum:

1. Bekçi filmi oldukça çetin koşullar altında kırk günde çekilmişti ve beni oldukça yormuştu.

2. Başka filmlerime gelince: Sanıyorum yüz civarında filmim var. 1962 yılından bu yana film çevirdim çünkü.

Sevgiyle...

Edirne'den Sevgili Erim Yağcı...

İki soruna da yanıt veriyorum...

1. Başarılarımı, sanıyorum çok çalışmama ve ciddi çalışmama borçluyum. Sonradan da varsa yeteneğim geliyor

2. Tiyatroya 10 yaşımda başladım. 1960 yılında ise profesyonel meslek olarak seçtim.

Sevgilerimle...

Arkadaşlarım...

Mektuplarınızı yanıtlamaktan sizlere komik gelecek tiyatro anılarıma pek değinemiyorum ama, bakıyorum ki, sizlerden gelen bu mektuplara yanıt verirken, hepinize ilginç gelecek soru ve karşılıkları ortaya çıkıyor. Bu da bir anlamda benim sizlere anlatacaklarımın bir parçası oluveriyor.

Gelecek sayımızda buluşmak umuduyla esenlik diliyorum hepinize...

Sevgilerimle. Müjdat

"YAZIM SEVGİ ÜSTÜNE..."

Sevgi, aslında göreceli bir kavramdır. Herkese göre değişir, herkes bu sözcükten farklı anlamlar çıkarır. Benim sevgi tanımım genelgeçerdir. Ben genellikle sevmeyi severim. Size de öneririm. Sevmeyi sevdiğiniz zaman, her şeyi kolaylıkla sevebilirsiniz. Sevebilmeye alışınca da, artık o işin tadına doyum olmaz.

Ben küçükken, uzunca bir süre, en çok kırmızı ayakkabılarımı sevdim... Şimdi size bu kırmızı ayakkabıların başıma ne işler açtığını anlatacağım:

İlkokulun ikinci ya da üçüncü sınıfındayken, bizim okula yavrukurt üniformaları geldi. O zamanın parasıyla formalar ne kadardı anımsamıyorum, ama ben de yavrukurt olmak isteyince, annem ne yaptı yaptı, bana da bu giysilerden aldı. Ancak bir başka sorun daha çıkıyordu ortaya. Giysilerin altına siyah ayakkabı şarttı. Benim topu

topu bir tane ayakkabım var, o da kırmızı. Babam memur, öyle ikide bir ayakkabı olacak durumumuz yok. Zaten bundan önceki ayakkabımı top oynarken paraladığımdan, yeni bir ayakkabı isteyecek yüzüm de yok.

Şimdi tam anımsamıyorum, ama sanırım 23 Nisan'dı. Bizim yavrukurt ekibi tam takım bayram gösterisine gidiyoruz. Ben güzelce giysilerimi giydim. Oymağın bayrağını taşıdığım için taburun dışında yürüyeceğim. Tramvaya bindik. Başkanımız Melahat öğretmen, bir ara benim kırmızı ayakkabılarımı fark etti. Hiç unutmam, hayatımda işittiğim ilk azar belki de: "O kırmızı ayakkabılar da nereden çıktı? Neden siyah giymedin?" dedi. Üstelik yüksek sesle. Çok utandım. "Siyah ayakkabım yok ki" diyemedim. Tramvaydan atlayıp eve gitmek istedim, onu da yapamadım. Oysa o tek ayakkabımı, kırmızı ayakkabılarımı çok seviyordum. Benim sevgim, azar işitmeme engel olamadı. Sırtımı döndüm ve hıçkıra hıçkıra ağladım...

Bu olayın üzerinden kırk yıla yakın zaman geçmiş. O ilk işittiğim azar öylesine içime işlemiş ki, neleri unuttum da, onu bir türlü unutamadım... Şimdi birçok ayakkabım var, ama o kırmızı ayakkabılarımın yerini hiçbiri tutmaz. Öyle sevmiştim ki onları... Sizin de böyle çok sevdiğiniz bir eşyanız vardır mutlaka. Diğerleri arasında ayrıcalıklı ve farklıdır o. Ayrı bir sevgi, ayrı bir özen gösterirsiniz ona... Gene de en güzeli sonuna dek sevmek,

sevebilmek her şeyi. Kendinizi bir alıştırırsanız sevmeyi sevmeye, inanın arkadaşlarım çok mutlu olursunuz yaşamınızda. Çünkü daha, sevginin üzerinde bir yücelik keşfedilmedi. Hepinize yüreğim dolusu sevgiyle hoşça kalın diyorum.

"ESKİ YIL YENİ YIL..."

Eski-yeni... Bu iki sözcük pek çok şey için kullanılır. Eski ayakkabı, yeni ayakkabı, eski defter, yeni defter, eski eğitim, yeni eğitim, eski dost, yeni dost... Böylece sürdürebiliriz örnekleri. Bunların bir kısmının eski mi yeni mi olduğunu şekillerinden anlayıveririz. Örneğin bu ayakkabının eski mi yoksa yeni mi olduğunu bakar bakmaz fark ederiz. Oysa bir arkadaşımızın eski bir arkadaş mı yoksa yeni bir arkadaş mı olduğunu, yanımızdaki üçüncü kişi kolay kolay anlayamaz. Çünkü bazı şeyler eskidikçe değerini yitirirken bazı şeyler de eskidikçe değerlenir. Arkadaşlıklar, dostluklar bunlardandır.

Eski yılla yeni yılın farkına gelince; doğrusu karikatürlere konu olan eski yıla hep haksızlık yapılıyormuş gibi gelir bana. Eski yıl, nedense sürekli ihtiyar ve sakallı olarak çizilir karikatürlerde. Yeni yıl ise, ya bir bebek ya da çok güzel bir kızdır. Eski yılın, üç yüz altmış beş günde kocamış bir ihtiyar gibi gösterilmesi ömrünün bittiğini anlatmak için olsa gerek. Yeni bir yıl için, bir önceki ihtiyarlayıveriyor. Oysa geçen yılbaşı daha dün gibi...

Bu ayın sonunda eskimiş olacak 1988... Sizler *Bando* ile bu yıl tanıştınız, arkadaş oldunuz. Şu anda derginiz elinizde olduğuna göre onu sevdiniz. Bu dostluğunuzun yeni yılda da sürmesini diliyorum...

Bir arkadaşınızdan aldığım mektupta aynen şöyle bir bölüm var:

"... Ben de hem yazar, hem oyuncu, hem öğretmen olmak istiyorum. Acaba ne yapmam gerekiyor?"

Bu soruya yanıt vermek ne denli güç değil mi çocuklar?.. Ne diyeceğim ben şimdi? "Çok çalış hepsini olursun" mu desem?.. Yoksa "Birini ol, ama en iyi ol" mu desem?.. "Sen de benim gibi yap, tümüne zaman ayır, ama bil ki o zaman başka hiçbir şeye ayıracak vaktin kalmıyor" mu desem?.. Artık bu seçeneklerden hangisi hoşuna gidiyorsa onu seç demek en iyisi. Ben yazarlık konusunda kendimi, yaşamını salt yazarlıktan kazananlar gibi yetkin görmüyorum. Öğretmenlik yapıyorum ama, bu konuda da sadece öğretmenlik mesleğini kendine iş edinmiş kişilerle aynı durumda tutmuyorum kendimi. Oyunculuğa gelince; onda da yalnızca oyunculuk yapan bir meslektaşım, o işi benden daha verimli yapıyor gibi geliyor bana.

Bu nedenle, bir işin çok iyi yapılmasından yanayım. Ama gene de yetenekli olduğunuzu sandığınız konuda çalışmanızı öğütlerim...

Yeni yılın, hepinize eski yıldan daha mutlu ve daha başarılı olmasını diliyorum. Kış geldiği için de sağlığınıza dikkat etmeniz gerektiğini sakın unutmayın.

"BEN GALİBA BÜYÜYORUM..."

Çocuklar, ben galiba büyüyorum... Bunu yeni yılla birlikte anladım. Bir de baktım kızım üniversitenin ikinci sınıfına gidiyor... Bir de baktım bir yaş daha almışım... Bir de baktım, 1953 yılında çocuk dergisinde çıkan yazılarımın üzerinden 35 yıl geçmiş... Bir de baktım ben galiba büyüyorum... Doğrusu "ihtiyarlıyorum" demek işime hiç mi hiç gelmiyor. Yalnızca yıllar geçiyor o kadar. Ben çocukken yıllar bu denli hızlı geçmezdi. Hep büyüyüp, on sekiz yaşımda olmak isterdim. Bir gün baktım ki on sekizindeyim. "Yirmi beş yaşımda olsam" dediğimde, yirmi altıya gelmiş olduğumu gördüm. "Kırk yaş olgunluktur" dediğimde ise kırk beşi bitirmiştim. Şimdi "Ahh, bir o yıllara dönebilsem" demeye başladım artık. Ah bir ilkokulda olabilsem. Sizlerle oyun oynayıp sokaklarda koşabilsem... Aman sevgili çocuklar, bu yaşlarınızın değerini bilin! Bir daha kesinlikle geri gelmiyor. O kadar güzel, o kadar tatlı yıllar ki o yıllar... Bir uçurtmanın ipine asılabilmek, bir topun peşinde saatlerce koşabilmek, bir balonun elimizden kaçışını izlemek... İşte yılların akıp gidişi de tıpkı o kaçan balona benzer. Aman balonun değerini bilin. Siz ipini elinizden bırakmasanız da, o nasıl olsa bir yolunu bulup kaçacak, ama siz yine de ipi sıkı tutun. Kolay kolay bırakmayın balonu. İyice tadını çıkarın.

Bana Fatih'ten yazan bir arkadaşımız "kaç basılı kitabımın olduğunu, bunların kaçının çocuklara yönelik olduğunu" soruyor. Yanıtlayayım: On beş basılı kitabım var. Bunlardan dördü çocuklara yönelik. Diğerleri şiir, mizah romanı ve araştırma niteliğinde.

İzmir'den yazan Celal Kalık adlı kardeşimiz de; "maymunumun adını ve özelliklerini" soruyor. Adı, Cancan. Afrika cinsi, fazla büyümeyen, 35-40 santimetre boyunda, bir o kadar kuyruğu olan ve iki yaşında bir maymun. Son derece yaramaz. Et dışında, bizim yediğimiz her şeyi yiyor. Ama daha çok meyve seviyor. Kuruyemişe bayılıyor. Çok şükür aileye ek bir masrafı yok.

Adapazarı'ndan Hilal Erkut adlı kardeşimizin sorusu hayli ilginç: "Acaba Adapazarı'na gelirseniz, bana uğrar mısınız?" demiş. Uğrarım Hilal. Ancak bunun için bana

adresini yazman gerekecek. Belki de "Hilal" dedim miydi, herkes seni tanıyordur. O zaman kolayca bulurum.

Sevgili çocuklar... Bu aylık bu kadar yazıyorum. Yeni yılın hepiniz için sağlıklı ve iyi geçmesini diliyorum. Esen kalın...

"ŞİİRLER..."

1982 yılında bir şiir kitabım yayımlanmıştı. Adı da *Bir Bulut Olsam.* Bu kitap okul öncesi çocuklara seslenen bir kitapçıktı. Geçenlerde yeniden bir göz attım. Sizler okul öncesi çağda değilsiniz ama, yine de ilgileneceğinizi düşündüm. Doğrusunu isterseniz bana gelen birçok mektup da, şiirlerimi merak eden arkadaşlarımızdandı. İşte size "Bir Bulut Olsam" kitabımdan seçtiğim şiirler...

BEYAZ GÜVERCİN

Bir beyaz güvercin var
Hep düşüme giriyor
En olmadık anlarda
Bana akıl veriyor.
Örneğin kardeşime
Bir bağıracak olsam
O anda o güvercin
Bana:
– Bağırma, diyor.
Kendi kendime buldum
Ve öyle sanıyorum
Bu beyaz güvercinim
Barışı simgeliyor.

BİR BULUT OLSAM

Bir bulut olsam

Yağardım

Durmaksızın çorak topraklara,

Ekinler yeşersin

Ve oradaki kardeşlerim

Sıcak ekmek yiyebilsin diye...

SERÇE PARMAĞIM

En küçükleri sensin

Avucumun içinde

Ben de işte bu yüzden

En çok

Seni seviyorum.

KİTAPLIK

Ne kadar zenginsin kitaplık
Bir sürü kitabın var
Bilmediğim yığınla şey
Raflarında dünya kadar.
Güçlüsün ve bilgilisin
Her şeye bir yanıtın var.

KARDEŞ OLMAK

Yaklaş bana

Elini uzat

Sana değmek istiyorum

Seni tutmak

Yaklaş uzat ellerini

Kardeş olmak istiyorum

Kardeş olmak.

Sevgili arkadaşlarım. İlk şiirimin yayımlanmasının üzerinden otuz beş yıl geçmiş. O zamanlar çocuktum ve büyüklere şiirler yazıyordum. Şimdi büyüdüm ve çocuklara şiirler yazıyorum!

23 NİSAN...

Dünyada çocuklara ayrılmış bir bayram var; sizin bayramınız. 23 Nisan Ulusal Egemenlik ve Çocuk Bayramı... Büyük Önderimiz Mustafa Kemal Atatürk bu günü sizlere armağan etti... Sonradan tüm dünyadan çocuklar bugünü bayram olarak kutlamak üzere ülkemize gelmeye başladılar. Ne güzel! Bizim gibi orta yaşlılar için bir bayram günü yok, yaşlılar için de yok, ama siz çocuklar için var...

1979 yılında o yılın "Dünya Çocuk Yılı" olması nedeniyle ben de bir şiir yazmışım. Adı "23 Nisan". Size armağan ediyorum:

23 NİSAN

Bugün 23 Nisan

Acaba mutlu muyum?

Önümde gelecek var

Uzun upuzun yıllar

Geleceğim adına

Acaba

Umutlu muyum?

Bu şiiri o zamanların koşullarında yazmışım. İnsanın, özellikle bir çocuğun geleceğini düşünmesi pek alışılmış bir olay değildir. Bize küçükken sorarlardı: "Büyüyünce ne olmak istiyorsun?" diye. Biz de hep yanıtlardık: "Doktor olmak istiyorum, mühendis olmak istiyorum," derdik... Hiçbirimizin bu isteği tutmaz, sonra bambaşka bir mesleğin içinde buluverirdik kendimizi. Ben de küçükken hep hukukçu olmak isterdim. Ama ne hukuk eğitimi görebildim, ne de hukuk fakültesinin önünden geçtim. Sonunda meslek olarak kendime çocukluk mesleğini seçtim. Bu mesleğin içinde zaman zaman oyuncu, zaman zaman yazar, zaman zaman öğretmen, zaman zaman yönetmen olarak görev alıyorum. Ama çocuk yönümü hiç yitirmedim. Çünkü çocukluğun her şeyin dışında özellikli bir dünyası var. Ve bu çocukluk yitirilirse bir daha geri gelmiyor. O nedenle çocuk yanımı yitirmek niyetinde değilim. Bazen büyüklerimiz bizim davranışlarımızı çocukça diye nitelendirirler. Bir küçümseme yatar çoğu zaman bu nitelemenin altında. Ben de derim ki; o küçümsenen davranış çocukça ise güzel bir davranış olmalı, çünkü çocuklar genellikle her şeye art niyetsiz yaklaşırlar. Hele çağımızın çocuğu, yani sizler, her zaman sevgiyi, saygıyı, aklı önde tutarak yaklaşıyorsunuz olaylara. Bana gelen mektuplarda ve sizlerle olan diyaloglarımda görüyorum bunu. Bazen bireysel hatalar yapılıyor ya, işte sanıyorum ki büyüklerimiz bize o zaman "çocuklaşma" diyorlar. Bu sözcük hatalı davranan bir çocuğa uyarı gibidir. Yoksa çocukluğun küçümsenmesi değil...

Büyük Atatürk çocuğa çok değer verirdi. Öyle ki tarihimizin önemli bir gününü, 23 Nisan'ı çocuklara armağan etti.

Bu bayram tüm çocuklara, tüm dünya çocuklarına kutlu olsun. Ve; ne mutlu size ki dünya çocuklarının kutladığı bu bayramı, sizin Ata'nız bayram yaptı.

"ÇİÇEKLERİ KOPARMAYIN"

Siz hiç hissettiniz mi bilmiyorum. Ama ben her baharda garip duygulara kapılıyorum. Papatyalar açmaya başladığı zaman gözpınarlarımı tutamıyorum. İlk açan papatya ille de tatlı bir gözyaşı döktürüyor bana. Bu yaşadıklarım, her baharda tekrarlanıyor... Salt papatyaları sevdiğimden değil. Bir canlının baharda yaşama başlayışı, hayata ilk adımını atışının heyecanı beni duygulandıran. Aynı şeyleri belki bir kedi, bir köpeğin yavrusunu dünyaya getirirken de hissetmişimdir. Ancak papatyaların ilk açışı, beni daha çok duygulandırıyor nedense...

Bu duygularla bahçeye bakarken, bir karga o güzelim papatyaların yanına kondu, başladı onları boyunlarından koparmaya. Ben kuşları çok severim ama, nedense kargalara pek sempatim yoktur. Onlar hep bana, hiç çaba göstermeden başkasının emeğine ortak olan kişileri anımsatırlar...

Karga, papatyaları koparmaya devam ediyor. Şimdi tutup da: "Çiçekleri koparmayın kargalar" desem, bu söylediklerime onlar bile gülecek. Çünkü bu karga milleti laftan anlamaz. Dediği dediktir. Hâlâ sürdürüyor papatyaları koparmayı. "Kıst" diyorum gitmiyor, umurunda değil... Bahar gelmiş, papatyaların bir bölümü yaşamaya başlamış, bir bölümü açmak üzere. Kargaların böyle şeylerle ilgilendiği yok! Bencil hayvan! Darmadağın etti papatyaları... Kopardı, kopardı durdu...

Sizlere çocuklar için yazdığım *Bir Bulut Olsam* adlı kitabımdan "Çiçekleri Sevmek" adlı minik şiirimi, bir bahar anısı olarak veriyorum...

ÇİÇEKLERİ SEVMEK

Yalnız güzel olsa iyi

Bir de güzel rengi var ki

Penceremde

Balkonumda

Masamdaki çiçeklerin...

Bir de dostturlar insana,

Bir de kardeşim gibi kokarlar,

Bu yüzden olacak, ben

Çiçekleri çok severim.

Sevgili çocuklar... Çiçek gerçekten diğer canlılara benzemez. Onun kendini savunacak hemen hiçbir gücü yoktur. Bazı tropik bitkilerin kendilerini savunmak için dikenler çıkardığını, zehir saçtığını, kendilerine zarar verecek olanlara sarıldığını biliyoruz ama, bizim çevremizdeki çiçeklerin böyle korunma yöntemleri yok. Onlar savunmasız bitkiler. Çevreye güzel kokular saçan, arılar bal yapsın diye onlara yardım eden, bahçelerimizi, parklarımızı, evlerimizi süsleyen sevimli canlılar...

Çiçekleri sevin... Onlarla dost olun... Bilim adamları müzikten anlayan, bakıcıları konuştuğu zaman onları dinleyen çiçekler olduğunu saptamışlar. Çiçekler, insanların gerçek dostlarıdır. Onlar, bizi karşılıksız seviyorlar. Biz de onları sevelim ve koruyalım. Çiçek gibi bir bahar diliyorum hepinize...

"HOŞ GELDİN YENİ YIL..."

Biraz geç oldu ama, gene de hoş geldin yeni yıl... Bu mektubu sana yazıyorum... Kendi adıma ve *Bando* okuru arkadaşlarım adına, senden bazı isteklerim var yeni yıl...

Önce dünyamıza barış ve esenlik getir. Dünyanın hiçbir yerinde insanlar, hele çocuklar ölmesin... Bu kadarcık isteği bize çok görme... Ben çocukken anımsarım, bazen siren sesleri duyardık ve annem siyah perdelerimizi çekerdi hemen. O zamanlar İkinci Dünya Savaşı sürüyordu. Biz her ne kadar savaşa katılmayan şanslı ülkelerden biri idiysek de, sıcak savaş taa sınırlarımıza kadar gelmişti. Küçücüktüm o zaman ama, belleğimde kalan hep o siyah korunma perdeleri var.

Anneler-babalar durup dururken çocuklarına "Barış" ismini koymuyorlar. Herkesin özlemi bu! İnsanların birbirleriyle barışık olması tüm dünya halklarının barış içinde yaşaması ne güzel! Eminim senin de özlemin bu!..

Yeni yıl... Senden bir dileğim daha var... Lütfen, *Bando* arkadaşlarımın karnelerini iyi yolla! Onlar ellerinden geldiğince derslerine çalışacaklar, ama sen de onlara yardımcı ol. Kışını çok sert geçirme. Doğuda yolları kardan kapatma. Her öğrenci okuluna rahatça gidip gelebilsin. Büyük kentlerimizde hava kirliliğine izin verme, rahatça nefes alabilelim... Ülkemizi bu yıl dış ülkelerin gözünde saygın kıl, başarılı olalım.

Senden son bir şey daha isteyeceğim yeni yıl... Günler ilerledikçe sen "yeni olma" özelliğini, yavaş yavaş yitirip, bir zaman sonra karşımıza "geçen yıl" olarak çıkacaksın. Eğer bize verdiğin sözü tutmazsan, herkes arkandan, "Aman hiç adını anmayın, 1990 öyle kötü bir yıldı ki!" diyecek. Bunu unutma! o nedenle bizlere söz ver, sen bundan önceki arkadaşların gibi kötü çocuk olma! Sen YIL'sın, bizim gibi ömürlü değilsin ki... 365 günde yaşlanıp göçüp gidiveriyorsun. Bu nedenle bizimle iyi geçin. Sonra arkandan olmadık laflar söylenir, bunu bil, ona göre davran... Bu nedenle senden; bolluklu bereketli, barış içinde, sağlıklı günlerle var olmanı istiyorum...

Hepimize bu sözü ver, yeni yıl...

Sana tüm *Bando* okurları adına "Hoş geldin" derken, biraz açgözlülük etmiş olabilirim ama, bu hepimizin hakkı,

bize bu istekleri çok görme... Sana şimdiden teşekkür ediyorum.

Ve siz sevgili *Bando*cular... Hepinizin yeni yılı kutlu olsun... Sanmayın ki yukarıdaki isteklerim yalnızca yeni yıldan... Sizlerden de bu yıl başarılı birer öğrenci olmanızı ve sağlığınıza dikkat etmenizi, beslenmenizi, oyunlarınızı ayırımlı bir şekilde yapmanızı istiyorum... Ben çocukken öyle yapmaya özen gösterdim. Hepinizi kucaklıyorum...

ARSA

Baba: Bana doğum günümde bir armağan alacaksan ne olursun arsa al.

Oraya ne ev yaparım ne okul ne salon yaparım.
İçimden geldiğince doya doya oynarım.

Bu şiiri anlamlı buluyorum ben. Ancak sizler belki de arsanın ne olduğunu pek iyi bilmiyorsunuzdur. Arsalar, yeşil sahalar, özellikle çocukların doya doya oyun oynayabilecekleri, trafik korkusunun ve kimseyi rahatsız etme sıkıntısının duyulmadığı yerlerdir. Şimdi pek yok artık...

Neyse ilkokuluma dönelim. Eski fotoğrafları gösterdiler. İlk öğretmenimi gördüm. Nadide Ergüven. Hâlâ yaşadığını öğrendim. Bana adresini bulacaklarına dair söz verdiler. İlk öğretmenimin üzerimde çok büyük hakkı vardır. Çünkü o beni ilk sahneye çıkartan ve bugüne gelmemin ilk ışığını yakan kişidir. Onu hep şükranla anacağım. Hele hele adresini gerçekten bulabilirsem, yıllardır içimde bir özlem olarak yaşattığım buluşmayı, gerçekleştireceğim. Öğretmenlerime buradan derin saygılarımı yollarken, Nadide Hanım'ı kırk yıl sonra görmenin heyecanını şimdiden yaşıyorum....

"YAZ ANILARIMIZ"

Bu üçüncü bölümle artık yaz anılarına son veriyoruz. Çünkü neredeyse 1990'ın yazı geliyor...

İşte Samsun'un Bafra kazasından yazan Aliye Yılmaz arkadaşımızın yaz anısı:

"Yaz tatilimi köyde geçirdim. Köyde kaldığım sürece, birçok anılarım oldu. Evimiz köyden biraz uzak. Küçük şirin bir yer. Evimiz dedemin ve babaannemin çabalarıyla daha da güzelleşmiştir. Çiçekler ve meyve ağaçları insana huzur verir. Dalından koparılmış bir şeftali, üzüm ya da elmayı yemek insanı mutlu etmeye yeter!..

Tatilin verdiği özgürlük, insanı rahatlatıyordu. Babam, ablam ve ben, balığa gitmeye karar verdik... Oltalarımızı dereye attık. Balık beklemeye başladık. Tam o sırada balık vurduğunu hissettim. Oltamı çekerken kendimi derede

buldum. Babam suya atladı, beni kurtardı. O anı unutamıyorum.

Bu olayın dışında da köyde çok güzel günler geçirdim."

....

Evet sevgili çocuklar...

Bir yazın ardından yazdıklarınız, gerçekten son derece şirin, tatlı olaylar. Hemen kendi çocukluğumu anımsadım. Ben çocukken acaba yazları neler yapardım?..

Anımsamaya çalışıyorum, çünkü aradan en az kırk yıl geçmiş. Sizin için kocaman bir rakam ikilisi 40...

Yeğenimin eşi Bozüyük'te hükümet tabibi idi. Yani doktor. Bir yaz, annemle oraya gittik... Yaşamımda ilk kez döven görüyordum. Köy kökenli arkadaşlarımız bilirler. Buğday tanelerini ayıklamak için bir atın çektiği ilkel bir araçtır döven. Dövene bindim. Ama alışık değilim ki! At döndükçe benim de başım dönüyor. Bu, bayram yerlerinde, lunaparklarda bindiğimiz atlıkarıncaya hiç benzemiyor... At benim acemi olduğumu anlayınca, biraz da hızlandı galiba... Ben başladım bağırmaya: "İnmek istiyoruuum"... Çiftçi amca gülerek döveni durdurdu: "Yaaa küçük bey, bu gerçek bir at, senin atlıkarıncana benzemez," dedi. Gerçekten de benzemiyordu. Çünkü atlıkarınca saman yemez bir, elektrikle çalışır iki, bu ise kamçıyla çalışıyordu... Amca bana ayran verdi, içtim. Heyecandan üstüme döktüğümü anımsıyorum. Çiftçi amca: "Güzel mi?" diye sordu.

"Güzel ama başımı döndürdü," dedim.

"Ben ayranı soruyorum," dedi.

"Ben de ayranı söylüyorum! Güzel ayran ama, başımı döndürüyor!"

Başladı gülmeye adamcağız.

"Oğlum senin başın az önce bindiğin dövenden dolayı dönüyor, hiç ayran baş döndürür mü, hatta ayran baş dönmesini geçirir."

"Baş dönmesini mi geçirir?"

"He ya!"

İşte o günden sonra, ne zaman başım dönse ayran içerim ben...

Yaz anılarını bitirdiğimiz bu soğuk günlerde, hepinize mutlu, sağlıklı, sıcak, sevgi dolu bir yıl diliyorum...

müjdat gezen
kuzucuk
Bilgeçocuk
BİLGE KÜLTÜR SANAT

Aptal Hamdi, Avustralya'da
Müjdat Gezen
BİLGE KÜLTÜR SANAT

Aptal Hamdi Bizi Güldürüyor
Müjdat Gezen
BİLGE KÜLTÜR SANAT

Aptal Hamdi Zor Durumda
Müjdat Gezen
BİLGE KÜLTÜR SANAT

Çocuk
Dedektif & Suçlu
Polisiyesi
Julia Volmert
Üç Dedektif
Hayalet Atın Peşinde
Çeviren: Işık Çakır
Bilgeçocuk
BİLGE KÜLTÜR SANAT

Çocuk
Dedektif & Suçlu
Polisiyesi
Julia Volmert
Üç Dedektif
Kanıt Peşinde
Çeviren: Işık Çakır
Bilgeçocuk
BİLGE KÜLTÜR SANAT

Çocuk
Dedektif & Suçlu
Polisiyesi
Julia Volmert
Üç Dedektif
Yanlış İz Üzerinde
Çeviren: Işık Çakır
Bilgeçocuk
BİLGE KÜLTÜR SANAT

Çocuk
Dedektif & Suçlu
Polisiyesi
Julia Volmert
Üç Dedektif
Yanlış Yolda
Çeviren: Işık Çakır
Bilgeçocuk
BİLGE KÜLTÜR SANAT

Trenlerin
Hikâyesi
Jane Bingham
Resimleyen Colin King

Elektriğin
Çarpıcı
Hikâyesi
Anna Claybourne
Resimleyen Kevin Hopgood

Arabaların
Hikâyesi
KT 2004
Katie Daynes
Resimleyen Adam Larkum

Gemilerin
Hikâyesi
Jane Bingham
Resimleyen Colin King

Tuvaletlerin,
Telefonların
ve diğer faydalı icatların hikâyesi
Alo!
Katie Daynes
Resimleyen Adam Larkum

Uçmanın
Hikâyesi
Lesley Sims
Resimleyen Stephen Cartwright

Modanın
Göz Kamaştıran Hikâyesi
Katie Daynes
Resimleyen Nilesh Mistry

Çikolatanın
Hikâyesi
Katie Daynes
Resimleyen Adam Larkum

Çöpün
Pis Kokulu
Hikâyesi
Katie Daynes
Resimleyen Uwe Mayer